novum pro

H.J. NOYMAN

Mein Kopf lässt mich nicht in Ruh

Gedichte, Texte,
Kurzgeschichten

novum pro

Bibliografische Information
der Deutschen Nationalbibliothek:

Die Deutsche Nationalbibliothek
verzeichnet diese Publikation in
der Deutschen Nationalbibliografie.
Detaillierte bibliografische Daten
sind im Internet über
http://www.d-nb.de abrufbar.

Gedruckt in der Europäischen Union
auf umweltfreundlichem, chlor- und
säurefrei gebleichtem Papier.

ISBN 978-3-99131-948-1
Lektorat: Jasmin Fürbach
Umschlagfoto:
Oleg Kozlov | Dreamstime.com
Umschlaggestaltung, Layout & Satz:
novum Verlag
Innenabbildungen:
S. 23, 46 © H.J. Noyman,
S. 29 © Johann Neumann
Autorenfoto: Traudi Neumann

www.novumverlag.com

Climate neutral
Print product
ClimatePartner.com/16547-2201-1002

INHALTSVERZEICHNIS

SONGTEXTE

TEXTE

KOPFGESTEUERT

Meistens gehe ich spät ins Bett und, da ich notorisch neugierig bin, schau ich mir kurz vorher noch Nachrichten im Fernsehen an, was ich oft genug bereue, denn es ist fast jeden Abend dieselbe „Katastrophen-Leier".

Verzweifelt versuche ich all diese Information zu begreifen, zu ordnen, warum das so ist, wie es ist oder, ob was für mein Leben wichtig sein könnte.

Diese Fragen stehen im Raum, vieles bleibt offen, es gibt keine vernünftigen Antworten oder es werden brauchbare nicht umgesetzt.

Mein „Kopf" schlägt Alarm, schlägt mir Alternativen und Lösungen vor, treibt mich auf Internetseiten, versucht, Ängste zu zerstreuen, ärgert sich über die Dummheit der Verantwortlichen, schickt Impulse in mein Sprachzentrum, um mich zum Diskutieren und Streiten anzuregen.

Zu allem Überfluss speichert „er" das meiste.

Auch was in privaten Gesprächen an Info hin- und hergeschoben wird, übers Leben im Allgemeinen und Besonderen, über zwischenmenschliche Katastrophen und vergangene Ereignisse, landet mehr oder weniger komplett in meinem „Kopf".

Computertechnisch gesehen ist mein „Kopf" ein riesiger, wenn auch manchmal flüchtiger, Datenspeicher, meine persönliche „Cloud".

Auch mein Herz – mein „Gefühlshirn" – speichert und verarbeitet emotionale Botschaften, die jedoch irgendwann wieder im „Kopf" landen und dort bewertet und sondiert werden.

Leider kann es aber auch vorkommen, dass diverse Erlebnisse mich tagtäglich, nachtnächtlich in meinen Träumen heimsuchen.

Mein „Kopf“ lässt mich eben auch zu dieser Zeit nicht in Ruhe und spuckt Teile seines Speichers aus.

Wie geht es deinem/Ihrem Kopf?

GEDICHTE

ALL INCLUSIVE

Mit Zug zum Flug, mit Bus Transfer,
Koffer-Service und noch mehr
kommt man schnell zum Urlaubsort.
Hauptsache von zuhause fort.

Junge, Alte, Dünne, Fette,
Mürrische und auch ganz Nette,
lüsternd zu den Buffets geh'n,
um sich mal alles anzuseh'n.

Schüsseln, große, kleine Teller
füllt man an, doch wer ist schneller?
Alles man zum Sitzplatz bringt
und dort die Beute schnell verschlingt.

Nach dem Essen in die Halle
drängen sich die Satten alle,
suchen hektisch ihr Gepäck,
denn jeder muss mit seinem weg.

Koffer raus und in den Bus.
Platzverteilung bringt Verdruss.
Jeder will woanders sitzen,
bringt den „Guide“ sehr bald zum Schwitzen.

Am Ende ist der Bus komplett.
Landschaft zieht vorbei – ganz nett.
„Guide“ erzählt Geschichten flott,
verspricht als bald Toilettenstop.

Gedränge aus dem Bus hinaus.
Füße dick, oh welch ein Graus.
Ein paar Schritte bis zum Klo.
Macht dann die Gäste wieder froh.

Zurück im Bus das gleiche Lied,
Sprechanlage macht nur „piep“,
Temp'ratur ist auch ein Thema,
jeder will ein and'res Klima.

„Seeing sights“ und „Shopping Tour“,
Stress-Programm rund um die Uhr,
Flotter „Guide“ hält uns auf Trab,
am Abend sind dann alle schlapp.

All inclusive oder nicht,
jeder hat 'ne and're Sicht.

EIN TAG WIE JEDER ANDERE

Morgens aufsteh', so a Plog.
Mit Stress beginnt a jeda Tog.
Des Gsicht, des host no volla Boat.
Des Frühstücksei is wieda hoat.
Und dann im Radio no a Quiz –
do wird's da schlecht, des is ganz gwiss.

Die Kinda liegn no im Nest.
Sie schlafa diaf, sie schlafa fest.
Jedn Tog des gleiche Gfrett,
du bringst das raus net aus'm Bett.
Am Frühstückstisch do streit'ns dann –
wie schön fängt doch der Tog scho an!

Morgenstund, Morgenstund,
host an schlechtn Gschmack im Mund.
Morgenstund, Morgenstund,
du bist sehr ungesund.

Oziagn, waschn, hetzn renna,
irgendwos net find'n kenna.
Do a Sock'n, dort a Hos'n
und jetzt rinnt an Buam no d' Nos'n.
Vo da Stirn, do rinnt da Schweiß –
a jeda Morgen hot sein Preis!

Nach dem morgendlich'n Graus,
kimmt ma endlich aus'm Haus.
Oabat is des hoibe Leem,
ka des no wos Scheenas gem?
Vo da Oabat dann geschafft,
ma abends in den Kasten gafft.

Wenn dann plötzlich Werbung kimmt,
ma den Weg zum Kühlschrank nimmt.
A guade Brotzeit des is gnua
und no a Hoibe Bier dazua,
baut ma auf schnell vorm TV –
Stress kriagt ma dann vo seina Frau.

Abendstund, Abendstund,
do werd i wieder kugelrund.
Abendstund, Abendstund,
auch du bist ungesund!

Frau und Kinda san im Bett,
Krimi schaun is no ganz nett.
Vergisst ma alle seine Sorgen,
schloft vorm TV bis in den Morgen
und dann fangt da selbe Schmarrn
tagtäglich ganz vo vorn wieda an.

DER KONSUMENSCH

Es konsumiert der Mensch,
so lang' er lebt,
da er nach Glück und Freude strebt.
Hat er 'mal Frust,
dann bringt die Lust
ein neues Ding,
ein Hut, ein Ring –
ein neuer Posten tut es auch.
Oder: schön essen – für den Bauch.
Konsum, des Menschen trügerisches Ziel.
Erst will er viel,
dann will er mehr
und später reut es ihn gar sehr,
denn die ersehnte Freude
stellt leider sich nicht ein.
Mit Hut und Ring und neuem Posten
bleibt trotzdem er – allein.

AUSGETRÄUMT

Ein Idealist, der eine Mensch wohl ist,
der vieles tut, was er nicht müsst'.
Der andere Mensch mit kurzer Sicht,
versteht die Handlungsweise nicht;
durch Tadel und mit Paragraphen,
bremst er des Idealisten Schaffen.
Dem hängt das bald zum Hals heraus,
er passt sich an, der Traum ist aus;
Es lebe hoch die graue Maus!

KONSUM-AFFEN

„Der Zweck heiligt die Mittel“,
sagten die Konsum-Affen,
machten sich die Erde untertan,
zerstörten bald, was sie geschaffen
und bauten auf, was sie zerstört.
Wie es sich für Konsum-Affen gehört.

SICHERHEIT

Du baust dir auf dein Leben.
Suchst Sicherheit, brauchst Geld.
Doch es bleibt bei diesem Streben,
denn nichts ist sicher auf der Welt.

Sei heute fröhlich,
nicht erst morgen,
vergiss die Mär von Sicherheit.
***Danach** zu streben bringt nur Sorgen.*
*Bedenk – du bist hier nur auf **Zeit**.*

TERRORIST UND KOMMUNIST

Dem Terrorist, dem Kommunist
kommun den beiden Terror ist.
Ein jeder treibt's auf seine Weise,
der eine laut, der and're leise.

SCHWARZ - WEISS - BUNT

Das Fernseh'n, wie ein jeder weiß,
konnte anfangs nur schwarz-weiß.

Bald d'rauf war es in aller Mund':
Die Röhre kann jetzt auch schon bunt!

Selbst, wenn das Bunte wir mehr lieben,
ist vieles doch schwarz-weiß geblieben.

IM NETZ GEFANGEN

Deinen Smart-TV bringst du ins Haus.
Er schickt dir Daten rein und raus.
Mit dem kannst auch ins Internet.
Das findet Mr. Google nett.
Setzt Cookies, saugt die Daten ab
und das ganz schnell und nicht zu knapp.
Beim Handy klappt das leider auch.
Datenschutz ist Schall und Rauch.

Und lachst du dir Alexa an,
wirst hören, was die alles kann.
Mit ihrem Stimmchen lieb und fein
mischt sie sich in den Haushalt ein,
füllt deinen Kühlschrank auf und mehr.
Vergeblich ist da Gegenwehr.

Im WLAN Router sitzt 'ne Wanze
und rundet somit ab das Ganze.
Und die Moral von der Geschicht':
Vernetz' dich weniger – am besten nicht.

LICHT UND SCHATTEN

Der Mensch, er wird geboren.
Er weiß nicht, wie ihm ist.
Er hat das Licht der Welt erblickt.
Noch sieht er Schatten nicht.

Der Mensch, er wird dann leben,
wird seine Wege geh'n.
Vom Leben ist er noch entzückt,
doch wird noch viel gescheh'n.

Hat er dann mit viel Mühe
das Erwachsensein erreicht,
dann wird er auch erfahren,
dass mit dem Licht
der Schatten
ja niemals von ihm weicht.

Der Mensch, der wird dann sterben.
Das Jenseits kennt er nicht.
Das Licht der Welt ist ihm entrückt,
kein neuer Weg in Sicht.

FLUCH UND SEGEN

Was willst du Mensch, du armer Wurm?
Greifst ein in die Natur und fühlst dich überlegen.
Doch zitterst du vorm kleinsten Sturm.
Der Fluch kommt nach dem Segen.

HARMONIE

Dort wo man singt,
da lass' dich ruhig nieder.
Doch viele Menschen haben
kaum noch Lieder,
meist nur noch eins:
Politisch Lied, ein garstig Lied,
vor dem ein jeder nur noch flieht.
Und statt vereint,
getrennt sind sie –
denn leider fehlt die Harmonie.

LEBENSEREIGNIS

An diesem ganz besond'ren Tag
schau nicht zurück
mit wehmutsvollen Blicken.
Auch nicht verzag'.
Schau fest nach vorn'
und trotze den Geschicken.
Kopf hoch!
So meisterst du des Lebens Tücken.

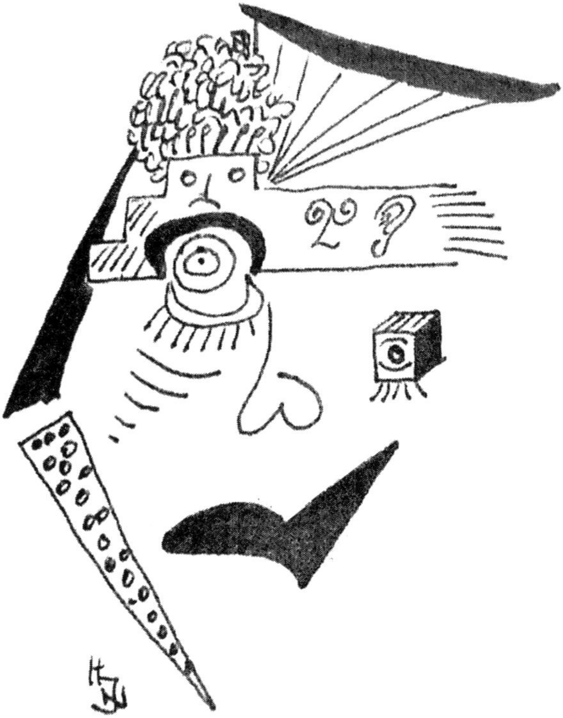

MONDAY AND FRIDAY

***Monday** morning is very sad.*
Must go to work – oh, how bad.
My girl stays at home
and here I'm alone.
So, I'm neither happy nor glad

*But **Friday** noon is a wonderful time,*
I jump in my car and I feel fine.
I'll soon reach the place
where I kiss my girl's face,
her skin tastes always like lime.

INZIDENZ

Kennzt du schon die Inzidenz?
Die Zahl, die Qual des Orientz und Okzidentz?

Sie sinkt, sie steigt, stagniert,
wird publiziert, manipuliert,
bis jeder den Verstand verliert!

Sie steuert Freizeit, Freiheit
und die Wirtschaft
Zeit wirdz, dazz einer
sie mal abschafft.

WINTERSCHLAF

Das Jahr neigt sich seinem Ende zu.
Kälte kriecht mir in die Knochen.
Schüttelfrost raubt mir den Schlaf.
Schnupfen, Husten und Heiserkeit treiben mich in die Enge.
Ich krieche in mich selbst hinein.
Das Kontingent der gesammelten Sonnenstrahlen
scheint aufgebraucht.
Weder grüne Blätter,
noch bunte Blüten, geben meinen Augen Nahrung.
Wie schön wär' jetzt ein Winterschlaf.

KURZGESCHICHTEN

MEIN LEBEN AUF DEM BAUERNHOF (1) - DIE HONIGDIEBE

Wie mir meine Mutter einmal erzählt hat, wurde ich im 1. Stock eines Dorfwirtshauses geboren.

Da es damals noch kein Säuglingsheim gab, brachte mich die Dorfhebamme Rosa zur Welt, was ich erst viel später erfuhr.

Meine Eltern wohnten in diesem Wirtshaus ca. ein Jahr zur Miete. Als es immer wieder zu Unstimmigkeiten mit den Wirtsleuten kam, zogen sie mit mir in einen nahegelegenen Bauernhof – auch wieder in eine Mietwohnung. Es war ein großes, zweistöckiges Haus mit mehreren Bewohnern.

Die Eigentümer (Landwirte) wohnten im Untergeschoss, meine Eltern und ich teilten uns den ersten Stock mit noch drei anderen Familien (die Wohnungen waren sehr klein). R.Wurst, ein älterer, etwas seltsamer Herr „wurstelte" in seinem Zimmer im zweiten Stock herum, wo nebenan der Familie F. mit ihren beiden Söhnen eine größere Wohnung zur Verfügung stand. In einem Vorraum der Wohnung verkaufte Frau F. Brot und Semmeln, die von einem Bäcker aus dem Nachbarort regelmäßig angeliefert wurden.

Im Mai 1948, ca. einen Monat nach meiner Geburt, kam Wolfi, der Sohn der Bauersleute zur Welt. Wir wuchsen zusammen wie Brüder auf, gingen in die gleiche Volksschule, spielten später Fußball im örtlichen Verein und durchlebten eine schöne und erlebnisreiche Kinder- und Jugendzeit.

Wir genossen unsere Freiheit und Freizeit, die allerdings auch immer wieder durch kleine Arbeiten rund um den Bauernhof beschnitten wurde, z. B. die Eier einsammeln, die die Hühner irgendwo versteckt hatten, auf dem Hof Kartoffeln für die Schweine und Hühner im Dämpfer kochen, Butter im hölzernen Butterfass ausrühren, beim Schleudern vom Bienenhonig mithelfen – und dessen Qualität testen.

In den großen Ferien mussten wir auch mal bei der Ernte mithelfen. Ansonsten blieb uns in dieser Zeit viel Spiel- und

Freiraum. Wenn wir aufstanden, waren die Bauersleute schon auf dem Feld. Wir hatten sozusagen „sturmfreien Hof".

Im Sommer, bei schönem Wetter, kamen im Laufe des Vormittags regelmäßig ein paar Freunde vom Dorf und aus der Nachbarschaft zu uns auf den Hof und wir überlegten, wie wir den Tag verbringen könnten. Meistens spielten wir Fußball und gingen anschließend schwimmen im nahe gelegenen Fluss.

Doch an jenem denkwürdigen Tag hatte Wolfi eine andere, ganz neue Idee. Wir alle wussten, wie gut Honig schmeckt und so schlug er vor, die elterlichen Bienen um ein paar Gramm Honig zu erleichtern.

Wir waren allein, es waren keine Erwachsenen auf dem Hof und unsere Aktion und das Fehlen von etwas Honig wären bestimmt nicht aufgefallen.

Meine Begeisterung hielt sich in Grenzen. Ich konnte mir auch nicht vorstellen, wie das gehen sollte, aber ich wollte kein Spielverderber sein. Auch die anderen Jungen waren skeptisch. Dann ging es los. Wolfi marschierte zum Bienenhaus in den Hinterhof, wir alle hinterher.

Nur er und ich gingen hinein, die anderen blieben vor der Türe stehen.

Ich war vorher noch nie in diesem Bienenhaus, irgendwie hat es mich dort nicht hingezogen, denn ich hatte vor Bienen schon immer großen Respekt. Wolfi kannte sich anscheinend mit der Anlage gut aus – jedenfalls tat er so – und begann gleich an den Glasfenstern herumzuhantieren, hinter denen sich die Bienen und die Waben befanden.

Irgendwie klemmte da was und, durch Wolfgangs Aktionen in Aufruhr gebracht, es sammelten sich immer mehr Bienen hinter dem Fenster. Nach mehreren erfolglosen Versuchen konnte Wolfi das Fenster öffnen und eine Menge aufgeregter Bienen ging sofort zum Angriff über. Rund um unsere Köpfe herum summte und brummte es und die Stiche ins Gesicht, in Lippen, Ohren und Nase lösten bei uns Panik aus. Schreiend und nach den Bienen schlagend, um weitere Angriffe zu verhindern, stürzten wir aus dem Bienenhaus.

Die anderen Jungen hatten sich vorsichtshalber schon frühzeitig abgesetzt und blieben verschont. Sie schauten zwar etwas belämmert drein, aber die Schadenfreude konnten sie nicht verbergen. Um so mehr mussten wir beide leiden.

Tagelang waren unsere Gesichter geschwollen und taten sehr weh. Wir mussten auch den Spott der Erwachsenen ertragen. Überall wo wir auftauchten, nannten sie uns „Adenauer“ und „Chruschtschow“.

So blieb das Bienenabenteuer dann doch nicht unser Geheimnis!

MEIN LEBEN AUF DEM BAUERNHOF (2) - IM WANDEL DER ZEIT

Mitte der 50er-Jahre war unser Bauernhof im Vergleich zu den anderen landwirtschaftlichen Anwesen im Dorf einer der fortschrittlichsten. Die meisten Bauern hatten nur Ochsen zum Ziehen von Lasten und für die Feldarbeit.

Aber wir hatten schon zwei Pferde. Diese wurden leider später durch einen grünen Traktor der Firma „Deutz“ ersetzt, was uns Kinder zuerst sehr traurig machte. Aber nach einiger Zeit des Vergessens hatte die neue Maschine unsere Neugierde geweckt.

Wir durften auf dem Traktor herumklettern, gelegentlich mit Wolfis Vater mitfahren und bald lernten wir auch mit Kupplung und Schaltung umzugehen.

Unser „Können“ sprach sich bei anderen Bauern im Dorf herum und wir wurden zu begehrten Mitarbeitern bei der Getreideernte.

Die Aufgabe war, auf dem Feld im 1. Gang immer ein Stückchen „nachzufahren“, sodass die Bauern und Helfer die „Kornmännchen“ aufladen konnten. Wolfi und ich freuten uns sehr auf einen derartigen Einsatz, der auch in kleines Taschengeld bis zu DM 5.- pro „Fahrt“ einbrachte.

In unserem Haus gab es schon damals auf jedem Stockwerk **ein** Innen-Plumps-Klo. Nur die beiden Wirtshäuser, die Schule und natürlich das Pfarrhaus hatten meines Wissens Toiletten mit Wasserspülung.

Weit verbreitet im Dorf waren standardmäßig die Holzhäuschen mit dem ausgeschnittenen Herzchen in der Tür, die wenig einladend irgendwo im Hof versteckt oder in der Nähe des Misthaufens postiert waren.

Da stellte jeder Toilettengang eine Herausforderung dar, die sich bei schlechtem Wetter und vor allem im Winter ins fast Unbeschreibliche steigerte.

Eine weitere Errungenschaft in unserem Haus war die Kaltwasserstelle auf dem 1. Stockwerk. Beim Wasserholen freuten sich besonders die Hausfrauen darauf, Mitbewohnerinnen zu treffen, um ausgiebig Neuigkeiten auszutauschen.

Bäder hatten wir zu diesem Zeitpunkt keine. Eine Waschschüssel mit warmem Wasser (das hatte man vom Küchenofen), ein Waschlappen und ein Stück Kernseife reichten für einfache Körperpflege („Katzenwäsche") in der Wohnung.

Im Sommer gingen wir im Fluss „Regen" zum Schwimmen und vor dem Nachhausegehen, seiften wir uns von Kopf bis Fuß ein, sprangen danach nochmal ins Wasser, trockneten uns ab und gut gesäubert ging's dann nachhause.

Zu diesem Verhalten fällt bestimmt heute jemandem der Begriff „Umweltverschmutzung" ein.

Davon hatten wir erst viele Jahre später gehört. Stand wohl auch nicht im Duden, denn unsere Lehrerin wusste auch nichts davon.

Aus verständlichen Gründen fand diese Art der „Freikörperreinigung" im Winter nicht statt. Aber es gab eine Alternative, die sich jedoch nicht jeder leisten konnte oder wollte.

Im Dorfschulhaus bestand die Möglichkeit, an Samstagen ein Bad zu nehmen. Für 30 Pfennige pro Person konnte man eine der vier Kabinen mit Badewanne und heißem Wasser für eine halbe Stunde mieten.

Kann mich noch gut erinnern, dass meine Mutter immer einen Badezusatz in Form einer großen, grünen Brausetablette mit Fichtennadelduft in ihrem Gepäck hatte. Das war für mich die Krönung des Badeerlebnisses und ich hatte noch tagelang den Geruch von Fichtennadeln in der Nase.

Nach der Reinigung packten wir uns für den Nachhauseweg gut ein, denn im Schulhaus gab es keinen Föhn und wir besaßen auch kein Auto.

Die Monate und Jahre gingen dahin, bis eines Tages Rosa, die Frau des Bauern, aus ihrer Sicht eine großartige Idee hatte.

Neben dem Brunnen und Sandhaufen, wo Wolfgang und ich öfters spielten, befand sich ein großer Backofen, der nicht mehr benutzt wurde. Wolfis Mutter wollte daraus ein Waschhaus machen.

Dieses Ansinnen führte natürlich zu Diskussionen innerhalb der Familie. Der Ehemann lehnte zuerst diesen Plan vehement ab und verwies auf die möglichen Kosten und den Zeitaufwand.

Da Rosa aber eine starke Persönlichkeit war, konnte sie sich schließlich durchsetzen und das Projekt „Waschhaus" wurde in Angriff genommen.

An dieser Stelle möchte ich jetzt nicht von den Schwierigkeiten der Durchführung und den Rückschlägen dieser Aktion berichten – die man wohl heute als „upcycling" bezeichnen würde –, sondern ich komme gleich zur Inbetriebnahme des „Backofen-Waschhauses", die große Freude im Haus auslöste.

Es war eine doppelte Freude. Der große Kessel im neuen Waschhaus, der mit Holz und Steinkohlen geheizt wurde, machte es möglich, viel Wäsche zu waschen.

Nach dem Waschgang wurde nochmal frisches Wasser eingelassen und erwärmt, damit danach alle Hausbewohner, die es wollten, in der großen Zinkbadewanne Körperpflege betreiben konnten.

Das war selbst bei niedrigen Außentemperaturen kein Problem, denn der Kessel wärmte auch das Waschhaus (obwohl die Fenster keine Isolierverglasung hatten) und man konnte nach der Körperreinigung auf kurzem Weg über den Hof das Haus erreichen. Im Vergleich zu heute war damals der Wasch- und Badetag wohl eher ein rustikales Erlebnis.

Ein paar Jahre später verließen zwei Familien ihre kleinen Wohnungen, von denen eine davon an unsere grenzte.

Diese kleinen Wohnungen wurden zu Bädern umgebaut. Und so bekamen wir und die Familie gegenüber ein eigenes Bad mit Zugang über den Flur.

Die Wasserstelle auf unserem Flur verlor damit teilweise ihre kontaktfördernde Funktion, der Flur blieb aber trotzdem ein Raum der Begegnungen …

Das Waschhaus wurde weiterhin von allen zum Wäschewaschen genutzt, andere Mitbewohner, die (noch) keine „Nasszelle“ im Haus hatten, nahmen gelegentlich dort auch ein Bad.

MEIN LEBEN AUF DEM BAUERNHOF (3) - SUSIBERT TONI

Für Wolfi und mich waren Spätsommer und Herbst unsere Lieblingsjahreszeiten:

in den Ferien die milden Temperaturen genießen, reife Früchte aus dem Bauerngarten naschen, am Kartoffelfeuer die „gekochten“ Kartoffeln mit Butter und Salz verzehren, mit nackten Füßen Kraut in die Tongefäße eintreten (fürs spätere Sauerkraut) und die Freude auf die sogenannte „Dreschersuppn“, ein Festmahl nach Abschluss des Dreschens (wobei der Wortteil „Suppe“ wohl eher nicht zutraf).

Zur „Dreschersuppn“ später noch mehr.

Wenn nach dem Einfahren die gesamte Getreideernte dann endlich in der Scheune lag, planten die Bauern gemeinsam bei wem, wann das „Korn“ gedroschen werden sollte.

Das war wichtig, denn es gab nur eine einzige „Dreschmaschine“ im Dorf und so musste man eine Reihenfolge festlegen, damit das Korn nicht frühzeitig verdarb.

Für uns Kinder war das Dreschen natürlich eine spannende Sache. Auf jedem Bauernhof, wo gedroschen wurde, waren wir zu finden und verfolgten jedes Mal den Aufbau und die Inbetriebnahme der Maschinen mit neugierigen Blicken. Wenn wir oftmals im Weg standen oder den Maschinen zu nahekamen, wurden wir mit den Worten, „verschwindet ganz schnell, damit euch nichts passiert“ aus der Scheune verscheucht. Diese Vorsichtsmaßnahme hatte ihre Berechtigung.

Eine große Gefahr war der breite Lederriemen, mit dem die Dreschmaschine angetrieben wurde. Man verwendete dafür entweder einen Elektromotor oder einen Bulldog (Traktor).

Einmal hatten wir schon erlebt, dass die Riemenspannung nachgelassen und sich niemand darum gekümmert hatte. Plötzlich löste sich der Riemen mit einem lauten Knall und flog ein paar Meter weit durch die Scheune. Nicht auszudenken, was passiert wäre, wenn wir da in der Nähe gestanden hätten ...

Dreschen war eine schwere Arbeit, verbunden mit viel Staub und Lärm. Trotzdem konnte man auf die Hilfsbereitschaft der Dorfbewohner zählen, denn eine Familie allein konnte die Arbeit nicht bewältigen.

Obwohl meine Eltern keine Bauern waren und wir auf dem Bauernhof nur zur Miete wohnten, übernahmen sie und ich verschiedene Aufgaben und Arbeiten (z. B. Kartoffelernte, dreschen, Tiere füttern, Eier einsammeln), um ein paar D-Mark zu verdienen oder mit Naturalien (z. B. Kartoffeln, Butter, Obst, Sauerkraut, Honig, Eier, Speck) entlohnt zu werden.

Aber nun zurück zum Dreschen.

Ein eingefleischter Junggeselle im Dorf, der „Susibert Toni" genannt wurde, war als Helfer immer zur Stelle. Er war damals ca. 40 Jahre alt, mittelgroß, sehr kräftig, hatte kaum mehr Haare und war eher schweigsam und unauffällig. Vielleicht hatte er deswegen auch keine Freundin oder Frau.

Obwohl er vom ganzen Dorf belächelt wurde, war er trotzdem ein begehrter, erfahrener Mitarbeiter, der Störungen an den Maschinen sofort erkannte und diese auch beseitigen konnte.

Ich weiß auch heute noch nicht, wie dieser Mann in Wirklichkeit hieß, aber ich kann mich noch genau erinnern, dass er es war, der uns Kinder irgendwie nicht mochte und uns von überall vertrieb.

Ein Grund dafür war sicherlich auch der Name, den ihm Wolfi verpasst hatte.

Wenn er uns loswerden wollte, sprach Wolfi ihn ungefähr so an: „He, du platterter (=glatzköpfiger) Semmelgeist, wos megst denn? Du dawischt uns ja eh ned!" Dazu drehten wir ihm eine Nase und streckten unsere Zungen raus.

Das machte ihn jedes Mal wütend und mit Drohgebärden rannte er uns nach – aber wir waren schneller.

Mit der Zeit wurde diese Art von Neckerei für uns langweilig und wir überlegten, wie wir ihn auf andere Weise ärgern könnten.

Es dauerte nicht lange, dann hatten wir eine Idee. Susibert Toni war Pfeifenraucher. Bei dem Elektromotor, der die Dreschmaschine antrieb, hatte er immer Tabak, Pfeife und Zündhölzer abgelegt.

Wenn es eine Pause gab, nahm er die schon vorher gestopfte Pfeife und seine Streichhölzer, ging aus der Scheune – dort durfte er ja nicht rauchen – zündete sie an und rauchte genüsslich.

Seine Vorgehensweise hatten wir länger beobachtet und setzten unseren Plan bei einer passenden Gelegenheit um.

Während des Dreschens füllten sich die Säcke mit Korn und mussten dann hinauf in den Getreidespeicher gebracht werden. Da unser „Freund" sehr kräftig war, machte es ihm nichts aus, die schweren Säcke quer über den Hof zum Getreidespeicher hoch zu schleppen.

Das dauerte natürlich einige Zeit und das war die Gelegenheit für unseren Einsatz.

Von den anderen unbeobachtet, schnappten wir uns seine Pfeife und den Tabaksbeutel, kratzten den Tabak aus der Pfeife, füllten sie dann mit rotem Schmierfett, aber machten sie nicht ganz voll.

Das Schmierfett bedeckten wir mit einer dünnen Lage Tabak, sodass man es nicht sehen konnte und legten Tabak und Pfeife wieder an den gewohnten Platz zurück.

Niemand hatte etwas bemerkt.

Bald kam die Pause, auf die wir schon fieberhaft gewartet hatten und das Schicksal nahm seinen Lauf. Die Maschine wurde ausgeschaltet, die Arbeiter gingen auf den Hof, tranken etwas und unterhielten sich.

Susibert Toni nahm seine Pfeife, holte ein Streichholz aus der Schachtel, zündete es an, führte es zum Pfeifenkopf und sog am Mundstück – da stieß er plötzlich einen Schrei aus, spuckte etwas Rotes auf den Boden und fluchte fürchterlich.

Er warf uns wütende Blicke zu und sah, dass wir unsere Schadenfreude kaum verbergen konnten.

Er wetterte: „Das könnt nur ihr gewesen sein, ihr blöden Deppen, das hat ein Nachspiel!"

Wir hatten, wie schon früher, das Weite gesucht und wussten nicht genau, was das Wort „Nachspiel" bedeuten könnte.

Bald waren wir schlauer. Er beschwerte sich bei meinen und Wolfis Eltern. Wir durften uns zukünftig beim Dreschen nicht mehr sehen lassen. Wir mussten unsere Sparschweine schlachten und von dem Geld wurde später Susibert Toni eine neue Pfeife gekauft.

Wenn das Dreschen langsam seinem Ende zuging, begannen die Frauen mit der Vorbereitung der „Dreschersuppn". Ein Plattenwagen, Biertische und Bänke standen schon im Hof. Tischdecken und Betttücher waren schnell über den Wagen und die Tische ausgebreitet und dann wurde der Plattenwagen mit den schmackhaften Naturalien aus hofeigener Produktion bestückt.

Es gab: selbst gebackenes Brot, Butter, gekochte Eier, panierte Hähnchen und Schnitzel, Räucherspeck, Kartoffelkäse, Presssack rot und weiß, verschiedene Marmeladen, Honig, Krapfen und Quarkstrudel. Für Getränke war natürlich auch gesorgt: Milch, Brunnen- oder Quellwasser, Limonade und Bier, Kaffee, Pfefferminztee und einen klaren Schnaps zur Verdauung.

Bier und Limonade standen in Kästen unter dem Wagen im Schatten – einige Flaschen befanden sich zur Kühlung in einer Zinkwanne mit kaltem Wasser. Kaffee wurde nach Bedarf frisch gekocht. Beim „Buffet" gab es auch Geschirr und Besteck, wo sich jeder nahm, was er brauchte.

Trotz des Vorfalls mit Susibert Tonis Pfeife durften auch Wolfi und ich an der „Dreschersuppn" teilnehmen. Nach fortgeschrittenem Alkoholkonsum der Erwachsenen und bei den dadurch sich entwickelnden, regen Gesprächen, ließ man sich nochmals über unseren Streich aus. Die Meinungen dazu waren geteilt, doch die meisten fanden unsere Aktion recht originell.

BANDGESCHICHTEN (1) - HÖHEN UND TIEFEN EINER STUDENTEN-BAND

Zu Coronazeiten und verbunden mit Ausgangsbeschränkungen versucht man die Zeit zuhause – ohne sie totschlagen zu müssen – irgendwie sinnvoll zu nutzen. Man tut etwas, das man schon immer vor sich hergeschoben hatte: aufräumen, etwas sortieren, Unterlagen auf den neuesten Stand bringen, den Desktop des Laptops entrümpeln und versuchen, sich von unnötigen Dingen zu befreien.

Ich entschloss mich dann fürs Sortieren.

In einer größeren Schachtel sammelte ich über die Jahre hinweg verschiedene Fotos, indem ich sie, nachdem sie mir im Wege waren, einfach hineinwarf. Manchmal schaute ich hinein, wenn mich meine Kinder oder meine Frau nach einem besonderen Foto fragten.

Das waren aber meistens solche aus der jüngeren Vergangenheit, von denen ich oft noch Kopien auf meinem Laptop hatte, aber in die Untiefen meiner Schachtel drang ich jedenfalls nicht vor.

Doch bei dieser Aufräumaktion hatte ich mir nicht nur vorgenommen, sie alle anzuschauen, sondern sie auch gleich zu sortieren. Dafür hatte ich Kuverts mit verschiedenen Aufschriften vorbereitet (Eltern, Kinder, Urlaub, Auftritte mit div. Bands, Feiern, etc.).

Ziemlich am Ende meiner sehr zeitaufwendigen und ermüdenden Aktion sind mir ein paar schwarz-weiß Fotos aus meiner Studienzeit in die Hände gefallen. Als Sänger und Gitarrist war ich in den 70er Jahren Mitglied einer Studentenband.

Nach längerem Ansehen der verschiedenen Fotos konnte ich mich an die Namen der Bandmitglieder trotz 50-jähriger Trennung wieder erinnern und hatte mir vorgenommen, in der nächsten Zeit auch nach den Kontakten zu suchen.

Leider konnten wir nur drei Jahre zusammenspielen. G. unser Multi-Instrumentalist ging ins Ausland, um dort zwei Semester zu absolvieren und ich musste mich auf meine Prüfungen zum Realschullehrer vorbereiten.

Trotzdem waren es drei tolle Jahre, mit vielen Auftritten, die uns auch ein paar D-Mark in die Geldbeutel spülten und mir ermöglichten, meinen „Käfer" zu unterhalten. Natürlich gab es auch Erlebnisse und Geschichten, an die man sich gerne erinnert, aber auch andere, die man besser vergisst.

Eine davon – sie hätte schlimmer ausgehen können – möchte ich zum Besten geben: An einem 31.12. Anfang der 70er Jahre freuten wir uns auf unseren Auftritt in einem bekannten Musik-Café. Silvesterbälle waren für Bands aus verschiedenen Gründen immer ein willkommener Gig: die Gage fiel höher aus als während des Jahres, das Lokal war meistens voll und es gab vor Mitternacht eine größere Pause, in der auch wir Musiker uns am Buffet nach Herzenslust bedienen konnten.

In diesem Café hatten wir schon öfters gespielt, die Atmosphäre dort war angenehm, die Wirtsleute waren freundlich und großzügig und wir konnten mit vielen unserer Fans rechnen.

Damals hatte ich eine Studentenbude in der Nähe eines Industriegebietes und W., unser Sologitarrist und Saxofonspieler, wohnte nicht weit entfernt von mir.

Da er kein eigenes Auto besaß, durfte ich ihn zu unseren Auftritten mit meinem Käfer Baujahr 1958 mit Schiebedach und Rechteckfenster immer wieder mal abholen.

Auch an jenem 31.12. war es mal wieder soweit, W. abzuholen. Da unsere Freundinnen zu Besuch waren, fuhren beide mit uns mit, wobei es während der Fahrt verständlicherweise vieles zu erzählen gab.

Die Stimmung war ausgelassen, die Fahrt verlief ohne Probleme, bis ich an einer roten Ampel halten musste, um die Hauptstraße, die nach R., zu überqueren.

Die Gespräche im Auto liefen munter weiter und als ich eine grüne Ampel sah, fuhr ich los und überquerte die Straße.

Nach ca. 30 m Fahrt wurde ich von einer Polizeistreife überholt und gestoppt.

Ich fuhr rechts ran, hielt an und drehte das Fenster runter. Ein Polizist kam und fragte mich: „Wissen Sie eigentlich, warum wir sie gestoppt haben?"

„Keine Ahnung, ich bin doch nicht zu schnell gefahren?"

„Nein, das ist nicht das Problem. Wir waren drei Autos hinter ihnen, als sie bei Rot die Straße überquerten. Es war die Fußgängerampel, die auf Grün schaltete, die Ampel in ihrer Fahrtrichtung war noch auf Rot", sagte er.

Dieses Versehen kostete mich DM 120,- Silvester-Gage und Tankfüllung ade!

Meinen Führerschein durfte ich zum Glück behalten.

BANDGESCHICHTEN (2) - MUSIKERSCHNAPS

Die Auflösung der Studenten-Band im Frühsommer 1973 bedeutete für mich, plötzlich eine unerwartete Auszeit von der Bandmusik zu haben.

Schon ein paar Wochen lang pendelte ich zwischen R. und P. hin und her, um einerseits noch die letzten Gigs mit der Band zu spielen und andererseits an der Uni noch Seminare zu besuchen, die für meine Prüfung zum Lehramt an Realschulen wichtig waren.

Nachdem meine Fahrten nach R. auf Grund der veränderten Situation nicht mehr notwendig waren, ergab sich durch Zufall die Möglichkeit an einer Privatschule ein paar Stunden zu unterrichten, wobei ich zusätzlich Schülern nachmittags bei den Hausaufgaben half und sie abends im Heim betreute. In jeder Hinsicht war das für mich eine wertvolle Erfahrung.

Die Tage und Wochen vergingen, die Sommerferien kamen, ich wartete ungeduldig auf meine Prüfungsergebnisse.

Die Auflösung der Band lag mir noch im Magen.

Meine damalige Freundin hatte ihren Dienst als Grundschullehrerin schon angetreten, musste viel vorbereiten und eine lange Strecke zu ihrer Schule fahren.

Ich hatte jetzt viel Zeit, vielleicht zu viel Zeit. Ich kam ins Grübeln.

Jeden Morgen nach dem Aufstehen las ich die Zeitung von hinten bis vorne, ging am Inn spazieren, schlenderte durch die Stadt, besuchte Cafés und Biergärten. In unserer Wohnung spielte ich manchmal auf meiner Gitarre, sang Songs aus dem Bandprogramm, aber irgendwas fehlte mir.

Doch dann änderte sich meine Situation ganz plötzlich.

Beim morgendlichen Lesen der Zeitung fand ich eines Tages folgende interessante Anzeige:

„Tanzband sucht dringend einen erfahrenen Gitarristen mit Gesang. Musikrichtung 60er und 70er Jahre" TelNr.:

Wie von der Tarantel gestochen, sprang ich auf, schnappte mir das Telefon und rief die angegebene Nummer an. Leider meldete sich niemand. Mittags rief ich nochmal an. Wieder keine Antwort. Meiner Freundin berichtete ich am Nachmittag von dieser Anzeige und sie meinte: „Ruf doch am Abend an, da hast du bestimmt mehr Glück, jemanden zu erreichen."

Ich sah stündlich auf die Uhr und fieberte dem Abend entgegen. Nach 18 Uhr rief ich dort wieder an. Und siehe da, ich bekam Kontakt. Das Gespräch war sehr kurz, denn der Musiker wollte mich möglichst bald persönlich (gerne mit Freundin) kennenlernen. Ein Termin wurde vereinbart und wir trafen uns zeitnah.

Der Empfang war herzlich und nach einem ausgiebigen Abendessen tauschten wir Musiker unsere Erfahrungen aus. Auch die Frauen fanden ausreichend Gesprächsstoff, zogen sich aber etwas zurück und wollten von unserem „Musikergeschwätz" eigentlich nichts hören.

Bei einer ersten Probe lernte ich dann auch die anderen Bandmitglieder kennen. Wir spielten Songs, die alle kannten und die man für Tanzveranstaltungen so brauchte. Es wurde noch ein paar Mal geprobt, dann folgte der erste „Monats-Gig". In den 70er Jahren wurden die Bands einen ganzen Monat lang verpflichtet und spielten an den Samstagen im gleichen Lokal, also 4- bis 5-mal.

Im September ging's dann los. An unserem ersten Wochenende traten wir in einem Tanzlokal in der näheren Umgebung von P. auf. Der Wirt war kleiner als wir alle, etwas rundlich, fast glatzköpfig und sprach mit norddeutschem Akzent. Für uns Bayern quatschte er einfach viel zu viel und auch dummes Zeug. Unter anderem meinte er: „Ich möchte nicht, dass ihr eure Partnerinnen zum Auftritt mitbringt, denn dann seid ihr auf der

Bühne nicht so locker, wie ihr eigentlich sein sollt". Ehrlich gesagt, fand ich ihn nicht sonderlich sympathisch.

Nach Aussagen der anderen Musiker war es bei ihm so etwas wie ein Ritual, die Band vor den Auftritten mit einem Schnäpschen aufzuheitern. Dazu „zauberte" er unter der Theke eine graue Steingutflasche mit der Aufschrift „Musikerschnaps" hervor, stellte Gläser auf und schenkte ein.

Das Getränk hatte eine hellbraune Farbe und schmeckte ein wenig nach Likör. Einen Namen hatte dieses Getränk nicht – es hieß einfach „Musikerschnaps". Er verkündete wichtigtuerisch, es wäre ein spezieller Brand nur für Musiker.

Auch am zweiten Abend kamen eine Menge Gäste, darunter auch viele Fans und Freunde der Band, deshalb vereinbarten wir nach dem Spielen noch ein gemütliches Beisammensein. Es gab gute Gespräche, lustige Anekdoten, die Stimmung war heiter. Wir sprachen auch über unser Equipment, u. a. wollte ein Gast mehr über meinen Gitarrenverstärker wissen. Von unserem Sitzplatz aus konnten wir ihn auf der Bühne gut sehen, dabei fiel mir auf, dass da noch ein Kontrolllämpchen leuchtete. Ich ging zur Bühne, schaltete den Verstärker aus und was ich von der Bühne aus sah, war unglaublich!

Aus dieser Perspektive hatte ich Einblick in den von einer Mauer abgetrennten Teil des Lokals.

Dort waren keine Gäste mehr anwesend und der Wirt räumte die Tische ab. Erstaunlicherweise hatte er auch unsere „Musikerschnapsflasche" dabei, in der ein Trichter steckte.

Emsig füllte er die übriggebliebenen „Schnapsreste" der Gäste in die besagte Flasche. Da er mir den Rücken zuwandte, konnte er mich auf der Bühne nicht sehen. Von dort verschwand ich ganz schnell und setzte mich wieder zu unseren Bekannten. Von meiner Beobachtung erzählte ich nichts, aber ich hatte schon einen Plan ...

Am dritten Samstag war wieder ein Tanzabend zu gestalten. Wir Bandmitglieder trafen uns zur üblichen Zeit und setzten uns an die Theke. Unser Wirt war wie gewohnt sehr mitteilsam, babbelte was das Zeug hielt und war guter Stimmung. Er holte Schnapsgläser und die übliche, graue Steingutflasche unter der Theke hervor und wollte einschenken. Ich sagte: „Stopp!", und hielt die Hand über mein Glas, „mir ist heute nicht nach Musikerschnaps, ich hätte gern ein Gläschen von meinem Lieblingscognac. Ich seh dort oben eine Flasche Hennessy im Regal." Der Wirt dachte, ich würde scherzen und konterte sofort: „Das kommt überhaupt nicht in Frage, der ist viel zu teuer für euch!" Aber ich ließ nicht locker: „So, so, mein Freund, also wie es aussieht, sind wir dir keinen Cognac wert!"

Meine Mitmusiker waren überrascht, hielten mein Ansinnen ebenfalls für übertrieben und versuchten mich zu beschwichtigen. Des Wirtes gute Laune war dahin, er wollte auch nicht einlenken. „Wenn ihr den Musikerschnaps nicht wollt, dann gibt's gar nichts" und räumte die Flasche und die Gläser weg.

Da wurde ich etwas lauter und ging zum Frontalangriff über: „Wenn du nicht augenblicklich die Flasche Hennessy und Cognacgläser hier auf die Theke stellst – und diese Regelung gilt für jeden Abend, an dem wir bei dir spielen – dann gehe ich jetzt ans Mikrofon und erzähle den Gästen eine Geschichte über den Inhalt der Musikerschnapsflasche!"

Innerhalb weniger Minuten wechselte er die Farbe, sein sonst rosiger Teint ging in einen gelblich-grauen Ton über. Die Bandmusiker schauten mich fragend an. Da erzählte ich ihnen von seiner Aktion, die ich am Samstag zuvor beobachtet hatte. Unerwartet wurde unser Bassist richtig giftig und sagte: „Jetzt ist mir klar, wieso auch schon früher der Schnaps immer eine andere Farbe hatte und anders schmeckte! Das ist ja eklig! So eine Schweinerei."

Der Wirt musste sich von den anderen Musikern noch einiges anhören, stellte dann kommentarlos die Flasche Hennessy mit Cognacgläsern auf die Theke und verschwand in der Küche.

Zu Beginn unseres letzten Auftritts am vierten Samstag stand unsere Cognacflasche mit Gläsern am Rand der Bühne. Der Wirt suchte keinen Kontakt zu uns. Am Ende des Abends, nachdem die meisten Gäste schon weg waren, verstauten wir unser Equipment in den Autos und nahmen dann erst unsere magere Gage in Empfang. Der Abschied von diesem seltsamen Herrn war kurz und kühl.

So sehr ich mich wieder auf das Spielen in/mit einer Band gefreut hatte, so enttäuscht war ich auch, als ich bei späteren Auftritten noch andere Ungereimtheiten mit dieser Band erleben musste. Nach einem Jahr verließ ich sie und machte mich auf die Suche nach einer neuen Musikgruppe.

BANDGESCHICHTEN (3) - FERNWEH

Sommer- und Semesterferien Anfang der 70er-Jahre, auch Spielpause für die Band.

W. und ich wollten was unternehmen, unsere Freundinnen auch.

Traf sich gut.

Brainstorming – wohin? Wie lange? – Aber möglichst kostengünstig.

Nach längerem Hin und Her – 4 Personen, 4 Meinungen – einigten wir uns auf London.

Keiner von uns war je dort gewesen, die gemeinsame Neugier hatte gewonnen.

Welches Transportmittel sollten wir für 4 Personen wählen? Zug oder Flug? Auto in England mieten? Konnten wir uns nicht leisten. Ich bot an, mit meinem VW Käfer zu fahren.

Benzinkosten, Fährüberfahrten etc. würden sich durch 4 teilen und Kleinreparaturen könnte ich auch unterwegs bewerkstelligen. Die Mädels waren etwas skeptisch, stimmten letztendlich aber zu, weil es keine billigere Lösung gab.

Dann kam der Vorschlag, Freunde und Bekannte zu suchen, bei denen wir auf dem Weg nach London Unterkunft finden könnten.

Auf einer Mallorca Reise hatte ich ein junges Paar aus Düsseldorf kennengelernt. Mit ihnen war ich brieflich und auch telefonisch immer wieder mal in Kontakt. So rief ich die beiden an und erklärte unser Ansinnen. Sie waren sofort einverstanden und luden uns Ende August bzw. Anfang September für ein paar Tage zu sich ein.

Nach zwei ausgelassenen Tagen und Nächten in Düsseldorf fuhren wir sehr früh am nächsten Morgen nach Krefeld. An der Grenze zu Holland schien alles ruhig, aber im Grenzgebäude saßen dort fünf Zollbeamte, denen anscheinend langweilig war.

Nach intensiver Kontrolle unserer Pässe fasste einer der Beamten an der Fahrertür in die Seitentasche und fand dort eine Gaspistole.

Ich hatte davon wirklich keine Ahnung, was man mir anfänglich nicht glaubte und ich mich deshalb einem längeren Verhör unterziehen musste. Nach und nach stellte sich heraus, dass die beschlagnahmte Waffe gar nicht funktionstüchtig war.

Ich durfte gehen und wir fuhren später über die belgische Grenze in Richtung Calais weiter, fanden eine passende Fähre und gegen Mittag legte die Fähre in Dover an.

Wir hatten zwei kleine Zelte dabei und nun galt es etwas außerhalb in der Nähe einer U-Bahn-Station in London einen Campingplatz zu finden.

Bei einer Touristen-Information in Dover bekamen wir mehrere Adressen und entschieden uns für einen Platz Nähe der U-Bahn-Station New Cross Gate. Dazu mussten wir aber noch 3-4 Stunden fahren und das noch dazu links!

Der Campingplatz, den wir angesteuert hatten, verdiente höchstens einen Stern, aber dort gab's viele freie Parzellen und die Sanitäranlagen waren okay. Außerdem waren wir hundemüde von der langen Fahrt.

Wir bauten unsere 2-Mann-Zelte auf, machten Luftmatratzen und Schlafsäcke bereit, nahmen einen kleinen Imbiss von unseren mitgebrachten Speisen und Getränken, gingen im Sanitärhaus unter die Dusche und legten uns schlafen. Am nächsten Tag marschierten wir zur U-Bahn-Station und begannen mit der ersten Sightseeing-Tour in London. Ca. 8 Tage lang lernten wir auf diese Weise London kennen.

Leider mussten die Mädels Mitte September ihren Dienst als Grundschullehrerinnen in Deutschland antreten. In meinem Käfer brachten wir die beiden mit ihrem Gepäck zur Victoria Station. Nachdem der Nachtzug abgefahren war und wir ausreichend gewunken hatten, fuhren wir wieder zu unserem Campingplatz zurück.

Unglücklicherweise wurden wir in einen Unfall verwickelt, an dem wir keine Schuld hatten. Der Unfallverursacher Mr. C. war alkoholisiert und sehr unkooperativ und wollte sich aus dem Staub machen. Zum Glück kam ein nächtlicher Spaziergänger mit seinem Hund vorbei, gab uns seine Visitenkarte und versprach uns, im Ernstfall als Zeuge zur Verfügung zu stehen. Mr. C. lenkte darauf hin ein und gab seine Personalien und seine Versicherungsgesellschaft an.

Mein Käfer hatte einen Blechschaden, war aber noch fahrtüchtig. Zurück am Campingplatz, begann es zu regnen. Eines unserer Zelte war undicht. Waldi und ich übernachteten in dem intakten.

Am nächsten Morgen gab es eine unangenehme Überraschung: Der Boden des Campingplatzes hatte sich in eine Art Sumpf verwandelt und erschwerte uns den Weg zur Dusche.

Trotz aller Widrigkeiten war die Fahrt zu einer der zwei VW Werkstätten wegen der Schätzung des Unfallschadens angesagt. Die Adressen bekamen wir von unserem Platzbetreiber.

Beide Standorte lagen weit auseinander und wir entschieden uns für den, der näher an New Cross Gate lag.

Es war an einem frühen Freitagnachmittag. Als wir dort ankamen, war die Enttäuschung groß. Der Schätzer war wegen Regens schon früher nachhause gegangen und es wurde uns empfohlen, am Montag wiederzukommen.

Frustriert suchten wir eine Pizzeria in der Nähe auf, stillten unseren Hunger, fuhren zurück zum Camp Ground, blieben im Auto sitzen und planten, am Wochenende mit der U-Bahn wieder nach Central London zu fahren und evtl. Madame Tussauds oder das Sherlock Holmes Museum zu besuchen.

Am Montag hatte der Regen aufgehört und wir starteten erneut zur VW-Werkstätte. Der Schätzer begutachtete den Schaden, notierte alles auf dem Notizblock seines Klemmbretts. Er ging danach ins Büro und wir dachten, wir würden nach kurzer Zeit den Schätzbrief ausgehändigt bekommen.

Fehlanzeige! Der Schätzer erklärte uns, dass wir den Schätzbrief erst morgen bekommen könnten, weil die Sekretärin nicht anwesend wäre. Auf die Frage, warum nicht er das tippen könnte, verwies er uns auf gewerkschaftliche Regelungen.

Uns fehlten die Worte. Wie die begossenen Pudel zogen wir ab. Am nächsten Tag bekamen wir den Schätzbrief und präsentierten ihn der Versicherungsgesellschaft.

Der smarte Manager der Malvern Insurance Company hörte sich die Unfallgeschichte an, musterte uns und das Dokument und teilte uns mit, dass Mr. C. den Schaden noch nicht gemeldet hatte und er deswegen nichts unternehmen könnte. Er versprach, mit dem Versicherten Kontakt aufzunehmen und bat uns, am Donnerstag wiederzukommen.

Doch auch am Donnerstag hatte sich die Situation nicht verändert. Der Manager schlug vor, ihm den Schätzbrief zu überlassen und er würde dann alles für uns regeln. Die Vermutung lag nahe, dass es uns loshaben und die Sache im Sande verlaufen lassen wollte. Sein scheinheiliges Getue ging mir auf die Nerven und ich sagte: „Sie können von dem Schätzbrief eine Kopie machen, das Original bekomme ich für meinen Rechtsanwalt zurück!“ Wortlos kopierte er das Schriftstück, versuchte aber mit gespielter Freundlichkeit mich weiter hinzuhalten.

Doch meine Entscheidung war gefallen. Ich wollte mich auf keinen Fall zum Kasper machen lassen. Nach kurzer Suche in meinen Unterlagen fand ich die Adresse der Anwaltskanzlei in London, die für den Verkehrsrechtsschutz zuständig war. Wir mussten also zum Lion’s Square.

Obwohl wir schon seit einiger Zeit einen sehr guten Stadtplan von London hatten, gingen die Fahrten nicht so flott voran, wie wir es uns gewünscht hätten. Mal gab’s unerwartet eine Einbahnstraße und mit dem Steuer auf der „falschen Seite“ war das Fahren auch nicht so einfach.

Als wir am Lion’s Square ankamen, stellten wir zu unserem Leidwesen fest, dass die Kanzlei umgezogen war. Also nächste Tour durch London zur neuen Adresse. Das Schicksal meinte es an diesem Tag nicht gut mit uns. Um 14 Uhr endlich an der Kanzlei angekommen, wurde uns von den Mitarbeitern mitgeteilt, dass die Rechtsanwältin gerade beim Lunch wäre. Dann kam die Frage: Wollen Sie warten oder sollen wir Ihnen einen Termin für morgen geben? Wir ließen uns nicht abwimmeln und warteten auf sie.

Das Warten hatte sich gelohnt. Mrs. L. war Deutsche und in kurzer Zeit waren alle Infos ausgetauscht. Sie versicherte mir einen positiven Ausgang der Verhandlungen und entließ uns in die „Freiheit“. Hurra!

Die letzte Nacht auf dem Campingplatz war kühl! Am Morgen wärmten wir uns noch in der Dusche des Sanitärhauses auf, packten unser Zelt zusammen und fuhren in Richtung Südküste. Wir hatten eigentlich kein genaues Ziel. Beim Studium der Karte fiel mir der Ortsname G. auf. Irgendwie kam der mir bekannt vor. Plötzlich fiel es mir ein! Ich kannte ja ein Mädchen aus G.

Auf der Fahrt erzählte ich W. von einer Kommilitonin, die ich in einer Vorlesung kennengelernt hatte. Ich wusste noch, dass sie in der Nähe von London wohnte und erinnerte mich, dass sie in den Semesterferien immer nachhause fuhr, weil ihr

Vater an einer schweren Krankheit litt. Bei einem Gespräch in der Mensa meinte sie, ich könnte sie doch mal zuhause besuchen.

Bei der nächsten Möglichkeit hielt ich an und suchte mein Adressbuch. Zum Glück fand ich ihre Adresse und Telefonnummer in meinem kleinen Büchlein, das mich auf allen Reisen begleitete.

Ich fragte meinen Mitfahrer: „Möchtest du mit zu Carol fahren?“ Er antwortete: „Ja klar, was soll ich denn sonst machen. Blöde Frage!“ Damit war alles gesagt.

ZU BESUCH BEI CAROL

Die nächste Telefonzelle wurde gesucht und gefunden und Carol angerufen.

Sie war selbst am Telefon und freute sich sehr auf unseren Besuch.

Mit neuer Straßenkarte brachen wir nach G. auf, wo wir von ihr und ihren Eltern herzlich empfangen wurden.

Gleich bekamen wir „tea and biscuits“ (was uns nicht überraschte) und beim Austausch von Höflichkeiten, Besichtigung des Hauses und Gartens und Erzählen von Familiengeschichten verflog die Zeit wie im Nu. W., Carol und ich blieben noch eine Zeitlang im Garten, ihr Vater hatte sich zurückgezogen und die Mutter bereitete das „evening meal“ oder „dinner“ zu.

Es gab Kotelett ohne Knochen, Nudeln und gedünstetes Gemüse, dazu eine Art Kräutersoße.

Endlich mal was Ordentliches. War sehr schmackhaft!

Noch während des „evening meals“ klingelte es an der Tür und Carols ältere Schwester stürmte ins Haus und war sehr aufgebracht. Jemand hätte sie am Bhf. in Guildford abholen sollen, was anscheinend vergessen worden war.

Alice war Au-pair Girl in Hamburg und hatte wegen der Ferien dort ein paar Wochen frei.

Unsere Anwesenheit interessierte sie nur am Rande. Sie und ihr Vater zogen sich in ein anderes Zimmer zurück, wo sie lautstark und heftig stritten, wodurch die Stimmung im Hause etwas getrübt war.

Carols Mutter war trotz allem sehr gesprächig und überaus freundlich. Sie war eine kleine, schlanke und quirlige Person und ihre Augen leuchteten, wenn sie von den „Scottish Dances“ erzählte, an denen sie regelmäßig teilnahm.

Der Abend mit Carol und ihrer Mutter verlief harmonisch. Vater und Carols Schwester hatten sich nicht mehr sehen lassen.

Bald zeigte uns Carol unser Schlafzimmer mit „Waschstelle“. W. und ich waren todmüde, schafften nur noch eine kurze „Katzenwäsche“ und fielen ins Bett.

Die Nacht war kühl, erinnerte mich ans vergangene Campen in der Nähe von London. Das Nylon-Bettzeug rutschte mir immer davon, bis ich es dann endgültig aus dem Bett warf.

Leider verbesserte diese Aktion meinen Schlaf nur minimal, weil W. immer wieder heftige Hustenanfälle quälten.

Nach dieser Nacht, auch wegen des schwelenden Konflikts in der Familie, beschlossen wir, noch vor dem Frühstück, unseren Besuch wegen weiterer Unfallabwicklungen vorzeitig zu beenden.

Man konnte Carol die Enttäuschung anmerken, aber sie hatte ja die Schäden am Käfer gesehen und verstand so unsere Entscheidung.

Nach einem traditionellen engl. Frühstück verabschiedeten wir uns höflich, bedankten uns für die Gastfreundlichkeit und fuhren los.

Später tat mir das nur sehr kurze Treffen bei Carol sehr leid, denn sie kam zum Wintersemester nicht nach R. Stattdessen kam ein Brief, dass ihr Vater plötzlich verstorben war und sie nach Indien gehen würde. Diese Entscheidung konnte ich nicht verstehen. Ich schrieb zurück und wollte sie aus verschiedenen Gründen von diesem Ansinnen abhalten. Sie war eine hübsche, freundliche und ruhige junge Frau, die mit mir und meiner damaligen Freundin viel Zeit verbrachte und auch unsere Hochzeit mitfeierte. Außerdem studierte sie Deutsch, ich Englisch, so hätten wir weiterhin sprachlich voneinander profitieren können. Leider hatte ich keinen Erfolg, sie von ihrem Ansinnen abzuhalten. Später bekam ich Post aus Indien.

Carol war dort einer „Christian Community“ beigetreten. Das war die einzige Nachricht, die ich noch von ihr bekam. Ich rief ihre Mutter an und fragte nach Carols Aufenthalt. Sie weinte bitterlich, sie wusste nicht, wo sich ihre Tochter aufhielt …

W. hatte wahrscheinlich schon beim Campen eine Erkältung bekommen. In G. kauften wir in einer Drogerie ein paar Hustenbonbons und eine Zeitung, denn ich hatte eine Idee. Ich sagte: „ Das Wetter hier ist scheußlich, da wirst du auch nicht schnell gesund. Wir schauen uns jetzt in der Zeitung den europäischen Wetterbericht an und wo es am wärmsten ist, da fahren wir hin." W.: „Du spinnst doch!"

Ich ließ mich aber nicht beirren und fand heraus, dass es in Paris 23 Grad Celsius hatte.

Ich: „Also fahren wir nach Paris?" W.: „Ja, da kenne ich jemanden." Ich: „Könnten wir diese Leute besuchen?" W.: „Ich glaube schon, hab die Familie beim Badeurlaub in Italien kennengelernt. Haben mich nach Paris eingeladen. Hab die Adresse."

Ich: „Das ist ja fantastisch!"

PARIS WIR KOMMEN!

Mein Tour Check:

„Also es ist 10 Uhr, in ca. 2 Std. sind wir in Dover, in weiteren 2 Std. sind wir in Calais, nach Paris brauchen wir 3-4 Std., Zeit für Pausen, Tanken und Essen kommt noch dazu. Schätze, wir kommen am frühen Abend dort an. Dann müssen wir nur noch die Straße finden, wo die Familie wohnt."

Waldi: „Ja, hört sich gut an. Da haben wir noch genügend Zeit, die Adresse zu suchen. Monsieur O. hat gemeint, die Straße wäre nicht leicht zu finden."

Ich: „Das kriegen wir schon hin."

Leider musste ich auch hier wieder alle Strecken alleine bewältigen, weil W. zu wenig Fahrpraxis hatte ...

So gegen 19:00 kamen wir in den Außenbezirken von Paris an. An einem Kiosk hielten wir und ich bat Waldi, einen Stadtplan zu kaufen. Er: „Tut mir leid, kann ich nicht, ich spreche kein Französisch." Ich: „Das ist aber jetzt nicht dein Ernst, wie hast du denn mit der Familie kommuniziert?" W.: „Der Monsieur spricht perfektes Deutsch."

Ich: „Mein Französisch ist katastrophal, aber ich versuch's."

Unter dem Einsatz von 3 Sprachen (E, D, F) bekam ich dann den Plan von Paris und bei der Nachfrage nach der Straße erfuhr ich, dass sie gar nicht mehr auf der Karte war; der Mann vom Kiosk deutete über die linke obere Ecke der Karte hinaus – dort also befand sich die Straße, die wir suchten ...

Es war eine Irrfahrt. Gegen 23 Uhr waren wir schon ziemlich in der Nähe der Straße, wo wir einen Mann mit Dackel trafen, den ich ansprach und nach der Straße fragte. Er sprach ein wenig Deutsch, erklärte den Weg aber sehr verständlich. Wir mussten durch das Tor eines Gebäudekomplexes fahren, dahinter befand sich die gesuchte Straße.

So, nun waren wir am Ziel. Aber was sollten wir machen? Ich schlug vor, im Auto zu übernachten und erst am Morgen bei der Familie zu läuten.

W.: „Die gehen nicht so früh ins Bett, die Madame wartet immer, bis ihr Mann nachhause kommt." Ich: „Ok. Aber du gehst vor."

Gesagt, getan. W. läutete, die Tür ging auf und ich hörte ich eine Frauenstimme, die Freude und Überraschung ausdrückte: „Bonsoir W. quelle surprise. Comment ça va? S'il vous plaît, entrez." W. stellte mich dann vor und wir wurden von der Madame in die Küche gebeten, wo sie uns verschiedene Getränke anbot. Ich war fix und fertig von der Fahrerei, freute mich auf ein Glas Rotwein.

Madame babbelte eine Stunde lang, was das Zeug hielt, wir verstanden so gut wie nichts, lächelten, nickten, schauten erstaunt drein ...

Um 24 Uhr kam dann der Herr des Hauses, sehr gepflegt, sprach akzentfreies Deutsch, begrüßte mich mit den Worten: „Wollen Sie baden?" Damals hatte ich langes, fülliges Haar und einen mächtigen Bart im Gesicht und nahm dankend an.

Am nächsten Morgen beim Frühstück gab es Info zum Tagesablauf während unserer Anwesenheit. Vormittags waren W. und ich alleine in Paris unterwegs. Um 13:00 gab es Mittagessen bei der Familie. Monsieur hatte seinen Dienst umgestellt und kam um 12 Uhr nachhause. Nachmittags oder abends wurden wir fast eine ganze Woche lang von unserem Gastgeber durch Paris chauffiert und lernten die Highlights von Paris kennen. Madame hütete das Haus, bereitete die Mahlzeiten und kümmerte sich um den kleinen Sohn.

W. und ich genossen diese Zeit in vollen Zügen. In der folgenden Woche musste Monsieur O. wieder seinem regulären Dienstplan folgen und so nahmen wir schweren Herzens Abschied und blickten dankbar auf die schönen und ereignisreichen Tage in Paris zurück.

Am letzten Ziel unserer „Rundreise“ hielten wir uns nicht lange auf.

In Rüdesheim am Rhein besuchten wir Verwandte, blieben aber dort nur eine Nacht. Den 144 Metern Lebensfreude mit Weinhäusern und Souvenirläden konnten wir nichts abgewinnen. Nach einem Glas Wein inmitten grölender Menschen und ohrenbetäubender Musik endete unser Besuch. Das war nicht unsere Veranstaltung!

Am nächsten Tag brachen wir in Richtung Bayern auf und nach 4-5 Std. Fahrt erreichten wir unseren geliebten Heimatort. Schön war die Zeit. Außer dem Blechschaden hatte mein Käfer tapfer durchgehalten!

Im Oktober bekam ich Post von der Rechtsanwältin aus London mit einem Scheck über 300.– Pfund (waren damals ca. DM 900.–), die dann nachträglich auch einen Teil unserer Reisekosten deckten.

Den Schaden am Käfer habe ich dann zusammen mit einem Schulfreund repariert. Ersatzteile gab’s beim Schrotthändler.

SONGTEXTE

LIEBESERKLÄRUNG AN DIE STADT PASSAU

Song: https://youtu.be/vu7y68oAYTA

1
Der Herbst legt Nebel über dich,
dann zeigst du selten dein Gesicht.
Der Winter ist ganz mild zu dir,
schont Pflanzen, Menschen und Getier.
Im Sommer kühlen dein Gesicht
die Flüsse Donau, Ilz und Inn
und deine Brücken spiegeln sich darin.

Chorus:
Passau, du bist die Stadt,
die uns so vieles gibt,
so viele sind in dich verliebt.
Passau, wer möchte dich nicht gerne wieder seh'n,
bei dir verweilen, dich bewundern, nicht mehr geh'n?

2
Du gibst so vieles, was man braucht.
Den Ort zur Ruhe gibst du auch.
Du gibst uns Arbeit und das Geld,
die Entspannung, den Hauch von Welt.
Du lehrst die Jungen, pflegst die Alten,
verwöhnst den Gaumen, Aug' und Ohr.
Wer dich verschmäht, der ist ein Tor.

3

Auch mich ziehst du in deinen Bann.
Ich geh' die Gässchen gern' entlang.
Und den Geruch vom Schwarzen Meer,
den bringen Donauschiffe her.
Und geh ich dann zur Burg hinauf,
genieße ich den schönen Blick,
Bay'risch Venedig ist mein Glück.

Text und Musik: H.J. Noyman

WHAT IS LOVE?

LOVE is just a word.
But I think
it does more than hurt.
It makes you fly,
high into the sky,
like a singing bird.

LOVE is a feeling, too.
Don't you think?
It's for me and you.
It makes you cry,
makes your teardrops dry,
makes you being true.

LOVE is a strange disease.
And I think
it'll never cease.
It affects my soul,
it begins to roll,
like waves in the seas.

If you've never been loved, boy/girl,
you don't know what you miss.
Tell me you can't get enough,
when given a kiss.

Text: H.J. Noyman

CORONA - NOCH GEHT DIE ANGST GEHT UM

Song: https://youtu.be/_Pv5P70ZdcM

Die Angst geht um vor Infektion.
Erwischt hat es ja viele schon.
Maskenpflicht und Abstand halten,
Egoismus nicht entfalten.

In den sozialen Medien, kotzen sich die User aus,
mit viel Geschwätz und Schwachsinn, welch ein Graus!

Die Angst geht um vor dem Ruin.
Abhilfe zieht sich endlos hin.
Finanzielle Löcher machen uns Sorgen,
die halbe Welt muss sich was borgen.

Die Besserwisser hört man sagen,
macht doch nicht so'n Geschrei,
habt keine Angst, schiebt keine Panik,
das Schlimmste ist ja längst vorbei.

Die Angst geht um vor Einsamkeit.
Die macht sich bei den Menschen breit.
Freunde und Verwandte nur auf Distanz,
Champagner-Feten fehlen leider ganz.

Hey, ihr übergroßen Macher, strengt euch mal richtig an,
Dreht doch mal die Zeit zurück und schenkt uns wieder neues Glück!

Text und Musik: H.J. Noyman

LOCKDOWN LIGHT BLUES

Song: https://youtu.be/5lKP9mXJZE4

Chorus1
Jetzt hamma wieda an lockdown –
Mensch, der is ja light.
Jetzt hamma wieda an lockdown –
der passt zur staaden Zeit.
De Merkel und da Söder
sorgn für a scheene Weihnachtsfreid.

Du bleibst jetzt besser z'haus –
lauf doch net glei davo,
beim Fenster schaugst du naus –
du hockst bled do,
wenn du amoi depremiert bist,
herst da a guade Musi o.

Draußen steigt der Nebel –
des is a Psycho-Stress.
Drinnen brummt mei Schädl –
hoit mi an am Schnapserl fest.
Wirtsheisa san jetzt gschlossen,
des gibt ma glei an Rest!

Chorus 2
Jetzt hamma wieda an lockdown –
Mensch, der is ja light.
Jetzt hamma wieda an lockdown –
der passt zur staaden Zeit.
De Doktern und de Helfer,
mocha se weltweit bereit.

Querdenker ham glei gsogt,
des Virus waar a Witz.
Wieda ham de wos verbockt,
raffen oafoch nix,
posten jedn Schmarrn im Netz
und hoffa auf vui Klix.

In email, facebook, whatsapp,
gern klick ma uns do nei.
Sport und talkshow im TV,
muas a no sei.
Um zwöfe in der Nacht
schlof i vorm Kasten ei.

Und bald – nach 100 Tagen,
San alle g'impft und --Virus frei.

Text und Musik: H.J. Noyman

SCHLANKSEI

https://youtu.be/TxjbbxxDxLs

Schlanksei is schee,
Schlanksei is in,
Schlanksei kimmt –
an jeden moi in Sinn.

Heit morgen steh' i auf da Wog,
mei Gwicht des is einfach a Plog.
I hob zwui Speck,
es hot koan Zweck.
Der Speck, der muaß ganz einfach weg.

Diät sogn d'Leit de waar net schlecht,
wenn ma sei Gwicht verlieren mecht.
Mit vui Salat,
und aa Spinat.
Ob's ma do net mein Mogn umdraht?

Aa Spoat des waar a feine Sach'.
Darüber denk i oft scho nach.
Gwichta stemma,
radln, schwimma,
Lust dazua, de hob i nimma.

Vui hob i ghert und spekuliert,
wia ma a bisserl leichter wird.
Hob ois probiert,
nix is passiert.
Des hot mi fei ganz schee frustriert.

Schlanksei is schee,
Schlanksei is in,
Doch i fui mi woi –
So wia i jetzt bin!

Text und Musik: H.J. Noyman

DER TRAUM VOM GROSSEN GELD

Ein großer Traum des Menschen,
das ist ein Haufen Geld.
Denn Geld, das weiß ein jeder,
das Geld regiert die Welt.
Er rackert wie ein Blöder,
gibt die Gesundheit hin.

Mit Geld, da hat das Leben
erst wirklich einen Sinn.
Mit Geld, da langt man gerne
und oft mal richtig hin.

Am Freitag spielt er Lotto,
im Urlaub dann Roulette.
Des Nachts träumt er von Aktien
in seinem Federbett.
Er glaubt an die Millionen,
an seinen Hauptgewinn.

Mit Geld, da hat das Leben
erst wirklich einen Sinn.
Mit Geld, da langt man gerne
und oft mal richtig hin.

Heut' ist er sechsundachtzig.
Das Glück kam einfach nicht.
Allein sitzt er im Altersheim
mit Falten im Gesicht.
Dort träumt er von der Jugend,
die wär' jetzt sein Gewinn.

Geld hat in seinem Leben
jetzt einen and'ren Sinn.
Gern gäb er sein Erspartes
für neue Jugend hin.

Text: H.J. Noyman

REISELUST

Song: https://youtu.be/8SCchVzkG2E

De ganze Zeit scho druckt's mi.
I mecht boid wieda fuat.
I schau ma gern die Welt o,
dann geht's ma wieda guad.

Und wenn's ma fad is,
dahoam recht fad is,
dann fliag i fuat.

Dann fliag i nach Neuseeland,
da bin i zwar scho gwen.
Des is ma oba ganz egal,
dort kannt ma aa guad leb'n.

Schau gern die Welt o,
die ganze Welt o,
ja, des muaß sei.

Dort bleib i dann scho länga,
des muas se scho rentiern.
Ganz vui mecht i erleben,
guad ist's fürs Gfui und's Hirn.

Ja, ja do lernst wos,
ja, ja, do segst wos,
ja, so muaß sei.

Irgendwann passiert's dann,
dass der Urlaub is vorbei.
Wenn i in meim Fliaga sitz,
i mi auf d' Hoamat gfrei.

Dahoam is a schee,
dahoam is scho schee,
des seg i ei.

Text und Musik: H.J. Noyman

GREEDY NEW TOWN

All day long I'm sitting in my room.
I guess I'm going to be crazy soon.
Behind my hands I'm hiding my face.
I don't know if I can ever leave this place.

Cause under the surface something's not nice,
greedy new town, I hate your bloody lies.
Devouring my dreams with your concrete face.

A million thoughts will my brain kill off,
far away lives someone who I love.
Loneliness joins all my walks,
I'm longing for someone who just talks.

But there's one thing that I clearly see,
strange new town, you're slowly killing me.
Devouring town if only I could flee.

I must be strong and dry my foolish tears.
Only the weak dwell on their fears.
Time will pass and change my life.
My work and hope can help me to survive.

There is one thing I feel deep in my heart,
greedy new town, someday I will part.
Devouring town a new life then I'll start.

Text: H.J. Noyman

WANN HÖRT DAS AUF?

Song: https://youtu.be/ERJ586Sn_tM

Menschen sind in Sorge,
Proteste gibt's weltweit
Gier nach Macht und Luxus
verbreitet großes Leid.

Herrscher führen Kriege,
löschen Städte aus.

Bomben fallen, Menschen sterben.
Wann hört das auf?

Menschen sind verängstigt.
Frieden wollen sie.
Hunger und Verzweiflung
zwingt sie in die Knie.

Wer hilft diesen Menschen?
Wer gibt Sicherheit?

Diktatoren quälen Völker.
Wann hört das auf?

Menschen müssen fliehen.
Ihre Heimat ist zerstört.
Sie hoffen, ihre Bitten
werden schnell erhört.

Lasst sie nicht alleine!
Helft, weil ihr es könnt!
Menschen flüchten, um zu leben.
Wann hört das auf?

Menschen wollen angstfrei
in die Zukunft seh'n
und mit großer Hoffnung
ihrer Wege geh'n.

Ihre Träume leben,
wäre das nicht schön?

Frieden schaffen, ohne Waffen.Wann wird das sein?

Text und Musik: H.J. Noyman

BARABENTEUER

Lang schon sitz' ich hier
und an diesem Abend reicht es mir,
der Platz neben mir ist lange schon so leer.
Ich hoffe, du trinkst niemals mehr mit mir.

Ich bleib nicht länger hier,
ärg're mich und wünsch' den Teufel dir.
Hab keinen Euro für ein kühles, frisches Bier,
denn alles, was ich hatte nahmst du mir.

Es ist schon fast vier
und vom Sitzen spür ich meinen Hintern kaum mehr.
Geh' jetzt fort von hier,
denn mein Kopf und meine Taschen sind ja so leer,
ja, so leer!

Längst schon bist du fort,
suchst dein Glück an einem ander'n Ort
und auch dort spielst du das brave, liebe Schaf,
raubst gnadenlos den Männern Geld und Schlaf.

Text: H.J. Noyman

TEXTE

WIEDERGEWONNEN, ABER TROTZDEM FÜR IMMER VERLOREN?

Traumlos waren sie selten, meine Nächte.
Auch du hast dich immer wieder in meine Träume geschlichen,
ohne mir zu sagen, wo du bist.

Freudlos waren manchmal meine Tage,
doch immer wieder habe ich mit großer Freude an dich gedacht,
ohne zu wissen, wie es dir geht.

Gnadenlos traurig waren viele meiner Jahre,
doch immer öfters musste ich über
unsere Vergangenheit nachdenken,
ohne zu wissen, ob es dir auch so ergeht.

Herzlos empfand ich oft mein unmittelbares Umfeld,
doch immer wieder spürte ich ein herzliches Gefühl zu dir,
ohne zu wissen, ob du genauso fühlst.

Grenzenlos war manchmal meine Sehnsucht
nach unserer gemeinsamen Zeit,
doch immer wieder empfand ich den Mangel,
ohne zu wissen, ob und wie viel Schuld mich trifft.

Traumhaft war das Erlebnis,
nach so vielen Jahren den Klang deiner Stimme zu hören
und aus deinem Munde zu vernehmen,
dass die Zeit eigentlich stehen geblieben ist …

Zauberhaft war das Treffen mit dir
und festzustellen, dass man sich äußerlich
nur unwesentlich verändert hat,
aber jeder für sich emotional ein heimliches Sehnen hatte,
dem keiner von uns nachgeben durfte …

Schmerzhaft war unser Abschied,
doch hin und her gerissen zwischen Bleiben und Gehen,
deine Tränen mit auf den Weg nehmend,
den ich gehen musste.

Beispiellos sind die verschlungenen Pfade des Schicksals,
die unser Leben in Richtungen führen,
von denen wir vorher nichts erahnt hatten.

GEDANKENLOS

Gedankenlos schlägst du einen Nagel in einen Baum.
Plötzlich beschwert sich der Baum.
Du möchtest den Baum
von seinen Schmerzen befreien
und ziehst den Nagel wieder heraus.
Vorerst bleibt ein Loch, also eine Wunde, die du verursacht hast.
Mit der Zeit und mit Anstrengung schafft es der Baum,
diese Wunde zu verschließen.
Jedoch die Narbe erinnert ihn an die Verletzung.

Dieses Bild lässt sich auch auf uns Menschen übertragen.
Der Nagel steht für zugefügtes Leid und Demütigung.
In der Erinnerung bleibt eine Narbe zurück …

KOMPLIZIERTE NEUE WELT

Jeden Tag, wie der Volksmund sagt, wird eine „neue Sau durchs Dorf getrieben".

Wie oft wird diese leider, wenn sie das andere Ende des Dorfes erreicht hat, gnadenlos geschlachtet.

Dies könnte bei der momentanen Bestandsaufnahme auch der schon lange ersehnten CO_2- freien Umwelt passieren.

Das „Aus" für „Verbrenner" in naher Zukunft wird einen gigantischen Strombedarf erfordern.

D. h. ca. 50 Mio. Pkws fahren sozusagen elektrisch und der Strom dafür kommt – wie jedes Kind weiß – aus der Steckdose und aus den nach dem Gießkannenprinzip verteilten Ladesäulen.

Aber wie und von wo kommt er dahin?

Das „Wie" ist ja ganz einfach: dafür gibt es Leitungen ober- und unterirdisch, per E-Mail kann man ihn (noch) nicht senden.

Er kommt von Kraftwerken, deren Generatoren von Wasser, Wind, Sonne, Atom, Kohle, Müllverbrennungsanlagen etc. angetrieben werden und mit dem man den Akku seines E-Autos aufladen kann …

Für die Akkus, die man dann in die 50 Mio. Pkws einbaut, benötigt man seltene Erden und Lithium, die im Ausland von unterbezahlten Arbeitskräften für die umweltunfreundliche Herstellung unserem Planeten entrissen werden. Darüber hinaus „schleicht" der Ausbau der alternativen Energien vor sich hin.

Die Freude auf den E-SUV, der entweder zu lang oder zu breit ausfällt und für den die normalen Parkplätze nicht mehr ausgelegt sind, hält sich in Grenzen. Lange Lieferzeiten und steigende Strompreise trüben die Freude noch mehr ein.

Vielleicht sollte man darüber nachdenken, ob man bei der Geburt eines Kindes nicht gleich einen E-SUV bestellt, damit das 18-jährige Kind dann einen fahrbaren Untersatz zur Verfügung hat.

Eine weitere Überlegung bezüglich E-Mobilität betrifft den Akku. So wie das Leben der Menschen ist auch das eines Akkus begrenzt.

Neuerdings werden jetzt nicht nur Akkus in Autos eingebaut, sondern auch in Fahrräder, Taschenlampen, Laptops, Mobiltelefone, Küchengeräte, Spielzeuge etc.

Irgendwann sind all diese Akkus ausgepowert und müssen in Akku-Massengräbern ihre letzte Ruhe finden, auch wenn von verschiedener Seite die vollständige Wiederbelebung der verblichenen Akkus in Aussicht gestellt wird.

Dabei kommt einem der Gedanke an die Entsorgung des Atommülls in den Sinn.

Außerdem müssen aufgrund der aktuellen Situation die Kohlekraftwerke wegen der Drosselung der Gaslieferung zur Stromerzeugung wieder angeworfen werden. Einige Länder setzen auf Atomstrom, andere mehr auf Windkraft. Die Anlagen dafür werden wohl eher nicht die Optik unserer Umwelt bereichern.

Jedenfalls steckt die halbe Welt mitten in einem Dilemma und viele glauben, dass die Sanktionen gegen Putin uns auf den Kopf fallen werden oder schon gefallen sind.

Die schon seit längerem bekannten, weltweiten Probleme wie Knappheit von Nahrungsmitteln und Rohstoffen und Klimawandel sind durch Pandemie, Ukrainekrieg, Inflation und zunehmender Weltbevölkerung verstärkt worden.

Alle anstehenden Probleme können weder auf einmal noch zeitnah lösbar sein.

Deutschland, das sich gerne als Energie- und Umweltmusterknabe darstellt, wird alleine den Planeten nicht retten können. Dazu bräuchte es weltweit zuverlässige Mitstreiter und die Einsicht, dass der „Dreck keine Grenzen“ kennt.

Unsere gewählten Staatsdiener und fähigen Köpfe in Industrie und Wirtschaft sind heute mehr denn je gefordert. Uns, dem gemeinen Volk, bleiben nur noch wenige, aber umweltfreundliche Alternativen:

Geld, Strom, Gas und Wasser sparen („save water, shower with a friend"), Müll trennen, mit Holz oder Holzprodukten heizen oder Heizungen runterfahren, Nachbarn im Winter zur „Holzofenparty" einladen und sich als Verbrenneralternative einen **E-sels-car-ren** zulegen.

Getreu dem Motto: „Spare in der Not, da hast du Zeit dazu."

MODERNE STÄDTE - PRO UND CONTRA

Sie sind hervorragend ausgestattet in Bezug auf …

Arbeitsplätze
Wohnraum
Unterhaltung
Versorgung
Freizeit
Medizin
Bildung
Kommunikation
etc.

… aber sie sind leider auch …

Blendwerke der Konsumterroristen
Tummelplatz der Klimakleber
Brutstätten der Kriminalität und Perversion
Tempel der Respektlosigkeit und Intoleranz
Weltmeister der Flächenversiegelung
und Umweltverschmutzung
Labyrinthe der Begierde
Rückzugsnischen der Besitzlosen
Spielplätze der Medienkrüppel
Flohmärkte der Waffentrödler
Dreckschleudern des Kapitalismus
Nährboden für „No Go Areas“
Umschlagplätze für Geldwäscher
Energiefressende Ungeheuer
Müllhalden der Konsumaffen
Absatzmärkte der Drogendealer
Friedhöfe der Hoffnungen

… ufern immer weiter aus und zerfressen das Antlitz der Erde

VEREINTE NATIONEN - UN-VEREINT

Wörter, die sowohl in der englischen als auch in der deutschen Sprache mit der Vorsilbe **un-/Un-** beginnen, drücken in der Regel etwas Negatives aus; wie z. B.:

- Deutsch: Unglück, ungezogen, ungewiss, unsinnig, unwillig
- Englisch: unhappy, unbelievable, unfortunately, unsuccessful, uncertain

Könnte man diese Vorsilbe nicht genauso gut auf die Institution „UN" („Un-vereinte Nationen") anwenden?

Eigentlich ist es für Menschen, die an demokratisches Handeln glauben, **un-vorstellbar**, dass in diesem Debattierclub für wortgewandte, z. T. ältere und gelangweilte VertreterInnen von 193 Staaten mit Verantwortung für ihre Völker und beinahe für die gesamte Welt, Beschlüsse – falls diese überhaupt zustande kommen – **un-verfroren** durch eine einzige Vetomacht blitzschnell blockiert werden können.

Un-verschämt hoch sind die Reise- und Unterbringungskosten, die von den Steuerzahlern für die Teilnehmer getragen werden müssen.

Dazu kommt noch die **un-glaubliche,** zusätzliche Umweltverschmutzung durch Verkehrsmittel aller Art, die von den Vertretern der verschiedenen Staaten benutzt werden, um zu den Tagungsorten zu gelangen.

Un-verständlich ist der Aufwand im Vergleich zu den Ergebnissen, die sich oft erst nach mehrmaligen **un-sinnigen** „Zusammenkünften" in verschiedenen Ländern in **un-spektakulärer** Form einstellen (z. B. Klimakonferenzen) und dann noch **un-endlich** schwerfällig umgesetzt werden.

Die 5 Vetomächte = 5 ständige Mitglieder

- Frankreich
- Russland
- GB
- USA
- China

Leider ist es **un-gewiss**, ob und wie sich diese Institution erneuern wird. Vorläufig wird sie auf **un-bestimmte** Zeit so **un-ausgegoren** und **un-effekiv** vor sich hindümpeln, wie in der Vergangenheit, ohne weltweite **Un-ruheherde** wirkungsvoll bekämpfen oder diktatorische **Un-ruhestifter** zur Rechenschaft ziehen oder zur Umkehr zwingen zu können.

VOM URKNALL BIS ZUM UNTERGANG

Es war einmal vor unendlich langer Zeit, dass durch den sog. Urknall unser Sonnensystem und damit auch unsere Erde entstanden ist. Das hat zumindest die Wissenschaft festgestellt.

Eine andere Meinung vertreten jedoch verschiedene Religionsgemeinschaften, die der Auffassung sind, die Erde, die Sonne und die anderen Planeten wären von einem höheren Wesen erschaffen worden.

Wie dem auch sei, aus der heutigen Sicht rückblickend betrachtet, ist unser Planet mit einem perfekten System ausgestattet worden, das in den meisten Regionen „Leben" für alle und alles möglich machte und zum Teil auch heute noch macht.

Es gab zu jener Zeit, als die Erde in etwa ihre ursprüngliche Form angenommen hatte, nur wenige Menschen, die sich als Jäger und Sammler durchs Leben schlugen.

Die Wahrscheinlichkeit von Kriegen, Krisen und Umweltschäden war zu diesem Zeitpunkt verhältnismäßig gering.

Als aber um 1500 n. Chr. die Erdbevölkerung auf ca. ½ Milliarde angewachsen war, hatten die Menschen bereits begonnen, sich für Landwirtschaft, Forstwirtschaft, Bergbau und Industrie stärker zu interessieren.

Die Aktivitäten in diesen Bereichen nahmen aufgrund der steigenden Weltbevölkerung stetig zu und verursachten bis in die Gegenwart immer mehr Schäden.

Auch das nach dem Ende des 2. Weltkrieges beginnende Wirtschaftswunder hatte die Menschen in Europa und anderswo in einen blinden Konsumrausch versetzt.

Das Industriezeitalter mit all seinen Facetten prägte von nun an unser Leben.

Warnende Stimmen waren bereits in den 60er und 70 Jahren zu hören. Ludwig Erhard meinte, man müsse Maß halten und einige Komponisten im Bereich der Rock- und Popmusik brachten Songs mit umweltkritischen Texten heraus: z. B. John Mayal, „Nature's disappearing", Albert Hammond, „Down by the River", etc.

(siehe auch https://www.youtube.com/results?search_query=umweltsongs)

Das Buch „Müllplanet Erde" aus dem Jahr 1971 von Hans Reimer beschrieb umfassend den damals schon bedenklichen Zustand unseres Planeten und Möglichkeiten der Rettung.

„Solange die Menschheit diesen Planeten bevölkert, hat sie ihn verändert. Es muss diesem Treiben ein Ende gesetzt werden, sonst haben wir mit tödlichen Konsequenzen zu rechnen."

Ausgerechnet ein junges Mädchen aus Schweden, das auch – wie viele Gleichaltrige in Europa im Wohlstand und der Geborgenheit der sog. „Generation der Klimakiller" aufgewachsen ist –, gibt den Startschuss für die „grüne Wende" zum Aufbruch in eine neue, schöne und CO_2-freie Welt, an deren Erschaffung 25 Klimakonferenzen mit Reisenden aus der gesamten Welt jahrelang erfolglos „gebastelt" und zusätzlich CO_2 freigesetzt haben.

Die halbe Welt – ob jung oder alt, groß oder klein – springt jetzt auf den „Klimarettungszug" auf.

Es ist die Rettung unserer Erde, wofür es sich zu kämpfen, aufzustehen und auf die Straße zu gehen lohnt. Wenigstens erst mal „mitfahren".

Nachdem man sich 50 Jahre lang in der „Wohlstandshängematte" geräkelt und Warnungen überhört oder buchstäblich verschlafen hat, ist man leider zu spät schlaftrunken aufgewacht und versucht nun in panischer, zielloser Betriebsamkeit die verpennten 50 Jahre gnadenlos, unter massivem Kapitaleinsatz (Steuern) und Schuldzuweisungen in alle Richtungen aufzuarbeiten.

Waren unsere Verantwortlichen wirklich eingeschlafen? Waren sie durch „Behinderungen“, wie Egoismus, Vetternwirtschaft, Geld- und Machtgier, Narzissmus oder durch den Einfluss von Lobbyisten in ihrem Urteilsvermögen eingeschränkt oder auf einem Auge blind?

Oder waren sie vom Wirtschaftswunder so geblendet, dass sie nicht bemerkt haben, wie unser Planet vor sich hinsiecht?

Aufs Maul gefallen waren sie allerdings nie – das hat sich auch heute nicht geändert. Und sie wurden schon immer für ihr Fehlverhalten nicht persönlich zur Rechenschaft gezogen.

Es wird „gebabbelt“ was das Zeug hält – im Bundestag, in den sozialen Netzwerken, in den Talkshows und bei den Stammtischen. Man vergnügt sich bei der eigenen Nabelschau und wenn’s eng wird, hackt eine Krähe der anderen kein Auge aus.

Gerne werden bei den Diskussionen auch die Botschaften eines Schöpfers bemüht – falls es den wirklich gibt oder gegeben hat –, um gewisse Entwicklungen auf unserem Planeten auf der Basis einer Religion zu rechtfertigen: „Macht euch die Erde untertan“ oder „Wachset und mehret euch und erfüllet die Erde“. (... mit 8 Mrd. Menschen! ...)

Solch einen Schwachsinn kann ja wohl ein höheres Wesen, von dem man Weitblick erwartet, kaum verbreitet haben. Vermutlich ist nach der Erschaffung des „Homo Sapiens“ etwas schiefgelaufen und er mutierte zu einem gierigen, degenerierten „Konsum-Affen“.

Viel Zeit bleibt nicht, um Schadensbegrenzung zu betreiben. Sich nur auf den CO_2-Ausstoß zu beschränken, ist zu kurz gedacht.

Umweltschäden, die durch Kriege, Massentierhaltung, Flächenversiegelung, Mülldeponien, Rodungen und „fuel dumping“ etc. weltweit verursacht werden, muss man unbedingt in den „Rettungsplan“ mit einbeziehen.

Hierbei sind besonders Wissenschaftler, Ingenieure und Politiker und natürlich auch jeder Einzelne gefordert.

Vorschläge zur Rettung unseres Planeten gibt es jede Menge in den Medien.

In einer Gemeinde sind Aktionen zum Schutz der Umwelt und des Klimas eher leichter zu verwirklichen als dies in Staaten der Fall sein kann. Eine Herkulesaufgabe wird die weltweite Umsetzung von Umweltschutz sein, vor allem wenn das Bevölkerungswachstum nicht gebremst werden kann.

Da wir nicht auf einen anderen Planeten auswandern können, gibt es nur den einen Weg: massiver Umweltschutz kombiniert mit globaler Geburtenkontrolle oder „Selbstmord auf Raten", inklusive Untergang unserer wunderbaren Erde.

DAS LEBEN DES WILLI BUTHLER - EIN MODERNES MÄRCHEN

Corona bedingt sind zu Beginn des 21. Jahrhundert die Buchmessen in Frankfurt, Leipzig und Wien weitgehend ausgefallen.

Einer meiner Freunde, die sich gerne im Netz herumtreiben, hat mir die sehr interessante und ungewöhnliche Geschichte von „Willi Buhtler“ zugespielt.

Verfasst wurde diese und auch andere von den Geschwistern Grimpinski, die angeblich mit Willi aufgewachsen sein sollen.

Da bislang noch keine gedruckte Version publiziert wurde, habe ich den Text zusammengefasst, um ihn zu veröffentlichen und die Leserwelt neugierig zu machen.

Verschiedene Namen wurden aus datenschutzrechtlichen Gründen geändert. Ähnlichkeiten mit noch lebenden Personen sind rein zufällig und ungewollt. Der Originaltext wurde gekürzt.

„Es war einmal ein kleiner Junge, der vor einiger Zeit in einer Stadt im kalten Nordeuropa in ärmlichen Verhältnissen aufwuchs. Er lebte mit seinen Eltern und Geschwistern in einer kleinen Mietwohnung.

Obwohl seine Eltern nicht viel Geld hatten, taten sie alles, um ihrem Willi eine gute Schulbildung und ein Studium zu ermöglichen (man wusste aber nicht so genau, wer das finanzierte; womöglich waren da dunkle Mächte am Werk).

Während seines Studiums begann Willi sich für Politik und Fremdsprachen zu interessieren, was später dazu führte, dass ihn eine geheime Organisation, in die er in der Zwischenzeit eingetreten war, als Agenten in andere Länder schickte.

Seine antrainierte Höflichkeit, seine bemerkenswerte Intelligenz, gepaart mit einer gewissen Gefühlskälte und Machtgier, ebneten ihm nach Rückkehr in seine Heimat, die Wege zu höheren Ämtern.

Schon als Jugendlicher war er fasziniert von mächtigen Männern wie z. B. Tunapaste Narrpolio, Alfred Heizzer, Josh Stahlokofski, Niekada Kruschkowatzki, die sich auch immer wieder in seine Träume schlichen. Der Gedanke an Macht und Reichtum ließ ihn nicht mehr los.

Getrieben von seinen Träumen hatte er plötzlich eine Idee:

Es gab im Land eine Gruppe, die man die reichen ‚Protzer' nannte. Geschickt lockte er sie in eine ‚Macht-und-Ruhm-Falle', bediente sich ihrer Gier und mithilfe ihres Geldes hoffte er, seine eigenen Ziele verwirklichen zu können.

Diese Strategie führte bald zum Erfolg und Willi wurde ein reicher und mächtiger Führer in einem großen Land und wohnte in einem riesigen Palast.

Nun war er fast am Ziel. Doch damit war es nicht getan! Vielfältige Aufgaben waren zu bewältigen und dazu gehörte auch, ein Volk zu führen und es zu regieren.

Die Taktik der alten Römer, die Menschen mit ‚Brot und Spielen' bei Laune zu halten, war ihm zu altbacken und erschien ihm wenig effektiv.

Krampfhaft suchte er nach vertrauenswürdigen und fähigen Weggefährten. Nächtelang grübelte er, hatte noch keine genaue Vorstellung, wer da wohl in Frage käme. Nachdem er mit Himmel und Hölle Kontakt aufgenommen hatte, aber keine Antwort bekommen hatte, besuchte er, völlig verzweifelt die Wahrsagerin Anchelakova. Sie stellte ihm in Aussicht, vier unterschiedliche, aussichtsreiche ‚Kandidaten' für sein Ansinnen zu finden unter der Bedingung, dass er ihr Volk zukünftig auf vielfältige Weise wohlwollend unterstütze. Er ging zähneknirschend auf diesen Deal in und bekam dafür …

… als Wirtschaftsberater den Zombie ‚Gebhart Schrottker' – aus Leichenteilen zusammengesetzt und zum Leben erweckt – war mit allen Wassern gewaschen und suchte einen Freund.

… für die Außenpolitik einen treuen und gut dressierten Dackel namens ‚Lauflos', den er überall mit Botschaften hinschicken konnte, der jedoch manchmal störrisch war, aber auch immer wieder zurückkam und ihm gerne die Stiefel leckte.

... für die Verteidigung ein schlaues, aggressives Schwein, dass sie ‚Schwadronizkow' nannte, das viel und laut grunzte und das fürs Grobe im In- und Ausland zuständig war.

... für die Propaganda die Klapperschlange ‚Diddi Pesto', die stets rasselte und die, falls nötig, viel Gift verspritzen konnte.

Mehr konnte Anchelakova nicht für Willi tun.

So gingen Willi und seine Kandidaten ans Werk, bauten Feindbilder und Drohkulissen auf, schickten Armeen in Kriege, um vermeintliche Feinde zu besiegen, verbreiteten Falschmeldungen, ließen unangenehme Zeitgenossen beseitigen und machten ihre Untertanen mundtot.

So vergingen die Jahre und die Nachrichten über die Aktivitäten dieser Fünf wurden hinaus in die Welt getragen und wenn sie nicht gestorben sind, leben sie noch heute."

Der Autor

Der Autor H.J. Noyman wurde 1948 in einem kleinen Dorf bei Cham geboren und lebt in Tiefenbach bei Passau. Seine Laufbahn begann mit dem Abitur und führte nach der Wehrpflicht schließlich ins Lehramtsstudium für Anglistik und Geographie. Diese beiden Interessensgebiete spiegeln sich auch in seinen Hobbys wider, sei es im Sinne seiner Reiselust oder seiner Vorliebe, englische Liedtexte zu übersetzen und zu interpretieren. Er singt, spielt mehrere Instrumente und schreibt eigene Songs. Seine Liebe zur Musik und Erfahrungen aus dem Kampfsport haben ihn geprägt. Als verheirateter Mann mit drei erwachsenen Kindern ist es kein Wunder, dass H.J. Noyman seine Gedanken zu allen möglichen Themen nun in einem Buch festgehalten hat.
Andere bereits veröffentlichte Texte von H.J. Noyman finden sich in den Anthologien (#7 bis #12) des novum Verlags. Dort präsentiert er Gedichte und Kurzgeschichten – etwa über Liebe, Leben und Kindheitserinnerungen.